再也沒有蒜苗佐烏魚子了

## 再也沒有蒜苗佐烏魚子了　宋尚緯

我至今仍覺得這一切荒謬到有點好笑。這些內容原本只是我在社群媒體上因無聊而打出來的一些就醫的對話紀錄，但因為各種原因，最後卻真的集結成冊。一開始只是社群媒體上有些許人和我說這些對話能不能集結起來出書，他們一定會買。我沒有在意，第一是我認為社群媒體上的人說會買跟實際上會不會買是兩回事，第二則是，我其實並不認為這些內容是值得被出成書的。

後來問的人多了，我半開玩笑地說，好吧那有人整理的話我就出。結果真的有人整理了，我像是被架在烤爐上的小豬一樣，看著爐子上的火還沒點起來，我的內心在那垂死掙扎說，這種東西沒有出版社會出的啦。結果是當天有三間出版社寫訊息問我真的要出版嗎？如果真的要出的話他們可以出。我滿頭問號，當時的我不只被架上烤網，還提醒大家爐火沒點，更眼睜睜地看著大家把爐子的火點起來，一次還點了三爐火，燒得旺旺的，我往哪逃都沒有用。

——我每次躺在中醫診所的診療床的時候也是這麼覺得的。無處可逃，又不得不面對過去的自己因放縱所造成的惡果。看中醫真的是很奇妙的體驗，我剛開始看醫生的時候都和我弟戲稱這是東方的神祕巫術，醫生聽到都會回我們說：「什麼巫術，中醫很科學的好嗎？」但對我來說，有些事情不知原理便幾乎等同於巫術，大概就跟中古世紀的人看到現代的手機能視訊通話、能看影片，覺得那是某種神祕不可觸的神祕現象一樣。

醫生看久了之後也漸漸地能摸出一些身體的使用方法，或者說是注意事項。這還不牽涉到任何理論，純粹只是在過程中歸納出某些規律，例如我暴怒的時候會一直打嗝。我會一邊生氣、一邊很累，然後一邊打嗝，接著去拉肚子。現在寫起來很好笑，但當下完全笑不出來，只會覺得我的身體到底在幹嘛。回診的時候問醫生，醫生就會跟我說是因為暴怒傷肝，肝氣剋胃，在這個過程中還會影響膽汁的分泌，膽汁分泌就會影響腸胃蠕動，接著就會開始拉肚子。我第一次聽醫生這麼說的時候真的是滿頭問號，很想問醫生說，你可以說中文嗎？我知道他說的是中文，這一連串的身體影響聽起來也很合邏輯，但我就是很難理解，為什麼我只是生氣，最後的結論是我爆拉一通。

我自己也很意外自己會持續回診中醫。我的意思是，中醫的治療過程其實是很反人類直覺的。剛開始看醫生的時候我根本無法理解，為什麼身體太虛弱反而會睡不著、為什麼發燒是身體有力氣的表現、為什麼醫生說我的身體在好轉但我卻覺得自己要死不活，這一切的一切都太違反直覺了，對一般人來說，健康與否，身體舒不舒服就是最直觀的表現，但在中醫的邏輯來說你感覺虛弱可能只是因為你的身體把力氣挪去做其他事了（譬如修復那些外觀看不到的損傷），我可能感覺自己快死了快不行了，但其實我的身體狀況可能是與過去數年以來相比最好的狀態。

但理智上知道，並不代表我情感上能接受。許多時候我會覺得有種「嗯？你在跟我開玩笑嗎？」的感覺。像是我拉了一週肚子的時候醫生會跟我說恭喜，我一臉你在說什麼的表情，醫生還回我不然那些東西繼續待在你身體裡面會比較好嗎（想想也很有道理）；被針灸的時候大喊救命啊醫生回我正在，我回他什麼的時候，他還會一臉理所當然跟我說正在救命啊？（這麼說也沒錯，但……）。寫這段的時候我人在中醫診所，候診的長椅上坐著一排的人，每個人都各有各的狀況，有時候等看診等到耐心盡失時我會覺得，好像是也不用這樣折磨自己，一定要堅持就醫，畢竟身體也就這樣了，我是指，糖尿病、高血壓、高血脂還有身體其他大大小小的病狀，有腎臟問題，也有視網膜病變。我的身體雖然說不上差到不行連走路都沒辦法的那種，但實在也稱不上健康二字。

有一段時間我很煎熬，反覆思索活著究竟還有什麼意思，甚至不是思索樂趣，而是我開始覺得活著除了痛苦以外什麼都不剩，我常寫到荒蕪二字，有時我會覺得荒蕪二字被我寫爛了，但我內心看出去的樣子，真的就是遍地荒蕪。我無意探討什麼人生的意義是什麼，那太虛無了，而且這種自有人類歷史以來就一直被先哲們追尋的終極問題，我也不認為自己能夠想得出任何解答。從結論來說，我人生中的樂趣的確是越來越少了，主要是我對事物逐漸沒有期待，連玩樂都令我感到疲憊。我六十歲的母親興沖沖地傳訊息和我說她要搭火車去哪裡玩的時候，我只覺得真有活力，我只想睡覺。一睡不起的那種。原本的快樂都不再是快樂了，年紀漸長後才會發現難怪苦行的僧侶都會說人類的快樂是種墮落，因為世俗概念中，所有令人感到快樂的，都是一種墜落。

在看醫生前我就知道自己的身體一定有些狀況。我從小學開始就有長期的耳鳴，只要周圍沒有聲音，就會有尖銳的高頻音在我耳內響起，日日夜夜，不曾間斷。大學的時候因為過度消耗自己的身體，開始一把一把地掉頭髮。其間還有大大小小的症狀族繁不及備載。

開始看醫生的這幾年中我身體比較嚴重的病灶逐漸浮現出來，最開始是發現糖尿病的問題，因為血糖一直居高不下導致我身體長期發炎，小小的毛囊炎都能腫脹到一個手掌那麼大的「疔」，一年可能會長個兩三次，一次痛兩到三個月，幾乎整年我的身體都處在疼痛的狀態。開始控制血糖之後，其他病症也開始浮現，接著是腎臟問題，我也是那個時候才知道原來人可以因為水腫多出將近二十公斤，原來大家所說的手按下去皮膚不會回彈是這個樣子。再來是眼睛突然糊掉了，去檢查才知道自己視網膜病變，我的眼底已經受傷多次，眼底的血管上都是痂，代表之前就有受過傷而我自己毫不知情。這些狀況也只是我身體出現的比較嚴重的狀況，其他還有多少，我不知道，或嚴格說起來，是我也不想知道。

在這些就醫的過程中我自然也鬧了很多笑話出來，例如我最開始看的一個醫生，是我母親帶著我過去的，當初一進診間，看到一半他開始講飲食禁忌：「生、冷、寒、涼、燒、烤、炸、辣、濫補、濫清都不要吃。」我一臉茫然地回他：「那我還能吃什麼？」現在的我回過頭看，自己顯然是一個令醫生頭疼的病患。後來經過許多折磨跟事件後我才開始試著控制自己的飲食，調整自己的生活型態。雖然現在身體還是很差，但至少相對平穩很多。至少不會再出現醫生把我的脈一臉疑惑地問我吃了什麼，我回他說蒜苗，他眉頭皺緊緊說怎麼會，蒜苗應該沒事啊，我才慢悠悠地回他說：「佐烏魚子。」的狀況。

平心而論，對我來說這本書的誕生真的是意外中的意外，因為這整本書的內容從一開始就不是為了出版而寫，只是將我自己就醫時和醫生的一些對話整理出來貼在社群網站上和大家分享，僅供大家看看笑笑而已，我甚至不知道該怎麼面對這本書以及想購買的人，因為我沒有打算整理出什麼有用的醫學常識，也沒有什麼養生小建議之類的內容，它就純粹是一本對話集。從我開始寫就醫紀錄到臉書上後，就常會有人私訊跟我說他自己的身體狀況，問我有沒有什麼建議，我的建議一律都是建議去就醫，聽從專業的醫療指示。當然遇到一個適合的醫師很看緣分，適合我的醫生不一定就適合另一個人，但是所有身體的狀況我都是建議先去給醫生看，不要問 Google，你會發現幾乎所有身體狀況搜尋出來的結果都是絕症。

開始看醫生之後才發現許多我早就習慣的些許不適感，都是我身體的一個警訊，我不舒服的地方都是需要醫生介入治療的地方。我不知道這麼晚才開始治療是否是好的，但至少開始了。我的醫生和我說過一句話，願意開始治療就不算晚。我也希望是這個樣子。許多時候面對身體是這個樣子的，沒有生病、沒有受傷，我們很難意識到身體的存在。身為病患面對疾病像是在黑暗中過河，沒有辦法確切得知自己現在究竟處在什麼狀況中，只能感覺到彷彿下一秒就要被河水滅頂了。走出的每一步都很艱難，不知道是對的還是錯的。有人會在你身邊替你加油，但許多人站在岸邊指揮你下一步該走左還走右，常常下一步就是河底的暗流，稍不注意就會被捲進水裡。相信自己太難了，所以很多病友會相信他人，親人也好，醫生也罷，但當自己放棄思考全然地相信別人，也是一種放棄。醫病關係其實是很脆弱的一種關係，許多時候人都是暗示自己相信，但清醒地信任是有難度的。

希望所有和我有相似困擾的人，能在這本書中，或者是這篇自序裡得到一些就醫的信心，或者是得到一些閒暇之餘的樂趣即可。但對我來說，我的感想只有，我的人生再也沒有蒜苗佐烏魚子了。

醫師的序

①

建立健康生活模式的態度：

不盡有為，不住無為。

②

面對身心病痛纏身的認知：

病來如山倒，病去如抽絲。

③

對於不願意改變生活習慣，又想要身心狀態改善的人：

出來混總是要還的。如果糟蹋能沒事，自愛健康過活的，不就都是笨蛋？

健康跟財富都需要經營，尤其是健康這回事，天道酬勤是真的。

# 2016

九月十三日

我睡醒了。晚上一回到家吃了點中藥碰到床直接昏睡。
有時候真的覺得斯巴達中藥有點恐怖。
我右眼今天一整天麥粒腫痛得要死，我睡到現在起來好了八成……
途中有醒來幾次，但都是勉強從A點移動到B點，然後繼續昏睡……

# 2017

八月九日

因為頭暈的問題去看了中醫，把了脈跟我說勞心過度，原來這是把脈可以看出來的東西嗎。＃一臉茫然

九月十六日

我弟熬了紅糖水給我喝，詳細什麼道理我不清楚，總之是跟中醫有關的東西。特別吩咐我要熱著喝，然後小口小口要喝一整天。剛剛打開來喝一口，我內心居然有流淚的衝動，是糖分是糖分是糖分是糖分是糖分。

十一月九日

今日到診所，醫師講了原本對我身體的改善期待，也太低了吧 XDDDDD 我在醫師眼中大概是那種從谷底深淵開始救的那種……不過我說了吃藥後的狀況，還沒講完他就接著補完了我內心覺得喔喔喔喔喔。目前從醫師和我說的片段來湊，大概就是我的肝臟部分工作機能差，也喪失了對脂肪的代謝功能。

十一月十二日

這藥真的很了不起，氣走到我一直拉。這兩天到現在我只吃了三餐，而且量都很少，我完全不知道我的身體哪來這麼多東西可以出來。

十一月廿三日

我：「我不知道是不是錯覺，我覺得我這週很容易發怒。」

醫：「應該是你錯覺，你身體不通（什麼不通我沒注意好像是肝腎），膽氣橫溢，應該是三不五時就很容易被激怒不只是這週而已，你的被激怒狀態是常態。你不一定會跟對方吵，但你會氣在心裡。」

我：「……」想了一下好像還真的是這樣。

十二月廿八日

阿嬤：「醫師還沒有來啊。」

櫃檯小姐：「嘿啊，應該打他屁股，又遲到了。」

……誰給你的勇氣，是梁靜茹嗎，也給我來一打。

# 2018

四月六日

醫微笑地跟我說這週藥會下重一點，要我好好克制，我當時不知他的笑容是什麼意思，現在我懂了，那個微笑就是你不克制老子就讓你拉到死的意思。吃藥下去過了半小時，我的肚子開始非常劇烈地運作起來，各種咕嘰呱的聲音都出來了，然後大量排氣，接著我現在人在廁所了。

## 四月廿五日

我其實是一個娛樂很少的人，或應該說是，很難從事物中感受到快樂的人，所以我很珍惜每一次的快樂近乎於癮。

以前我心情差的時候會透過吃來感受快樂，吃所帶給你的愉悅和性很像，完全是立即性的，你會透過味覺瞬間感受到愉快。雖然每一次吃了之後大多都是後悔的，有段時間甚至吃完我就直接還給世界，但我還是願意為了那片刻的愉快犧牲一切。當時完全是抱著一個反正醫院也關過我證明節食對我沒什麼用了乾脆就自暴自棄的心情在吃。

最近可能是年紀大了，發現吃帶給我的愉快越來越少了，取而代之是吃東西後的各種不舒服。騎車回家的路上覺得人類活著果然就是在修練啊，在成長的過程中你要過得越來越好，完全是反人類的在過。你要克服本能、去除各種直覺性的東西，然後你會變「好」。

啊，有沒有什麼方法是可以讓我將那些心如止水的食物吃起來感覺像是大恐龍在我內心亂撞的，例如催眠或是洗腦之類的。

五月二日

真的覺得中藥能夠操控一個人生死（幹）剛剛我要是躺著大概就會變成噴泉，那畫面太美我不敢想。覺得這樣的自己一直造成別人麻煩跟困擾，一臉絕望。絕望的時候就放張掐掐好了雖然他臉超臭。

五月十五日

醫（跟其他病人說）：「跟你說是屁股那附近的問題，不是腿的問題，你就算把腿砸爛也不會好啦！」

幹XDDDDD

五月廿二日

醫：「（交待注意事項）」

病：「好，那我以後就過神仙般的生活。」

醫：「是正常人的生活。」

XDDDDDDDDD

拯救了我剛剛在早餐店被全熟且破裂的荷包蛋毀滅的壞心情。

五月廿二日

醫生今天感覺好快樂，渾身充滿著愉悅，大概是因為今天十二點就只剩下外科病患（平常都要看到一點半左右）。剛剛看診的時候我就浪了一下。

醫一邊把我脈一邊滑手機看萬安演習的資訊，然後一邊得意說喔喔好北部的那天我不在桃園，中部演習的那天我不在台中。

我：「我這週過得很放縱。」

醫：「（把脈中）舌頭。還好啦，普通糟蹋而已。」

我：「前天還吐了。」

醫：「你吃了什麼，你一定吃了什麼他下不去才會吐。」

我：「麻辣鍋……（乾笑）」

醫抽走把脈的手直接打我手臂：「吃什麼麻辣鍋，系賀！這天氣你吃麻辣鍋不是狂拉就是吐，我把你腸子清乾淨了，他下不去就只能往上跑。還好你有吐，不然今天又麻煩了。」

我：「剛剛那個神仙的生活拯救了我剛剛吃早餐被毀滅的心情。」

醫：「嗯。」

我：「咦，我能吃半熟蛋嗎？」

醫生開始拿食指戳我：「不能啊，生菌數那麼高的東西而且不好消化，吃全熟好嗎（一個字戳一下）。」

我：「……好喔，我的早餐清單又要劃掉一個東西了……」

醫：「好好保養自己啊，不要跟自己作對，不要搞自己啊，好不容易讓你身體正常一點，不能吃的不能喝的要注意啊。」

我：「……」內心有一股好想說我會過好神仙般的生活的衝動。

幹，果然是不問就不會被禁止嗚嗚嗚嗚，我的半熟蛋嗚嗚嗚嗚……

五月卅日

醫：「舌頭吐出來，嗯……你上週，呵呵呵，你上週是不是吃了什麼不該吃的東西啊。」

我：「可、可能是冰的吧。」

醫：「什麼可能，吃了就吃了！」

於是這週的藥貌似開得很狠，我晚上吃完藥之後直接躺床上昏睡到三點。還好我中間還記得起來關火。

## 六月十二日

①

我：「我前天擠了很多膿出來……」

醫：「你看，你上週亂吃馬上出事，啊不就還好有開排膿散給你。」

我：「擠到一半很想用拔罐的去吸它……」

醫：「……不要喔，消毒後用手擠。」

我：「擠到後面血有一陣子都是粉紅色的……」

醫：「還不行喔，要繼續擠。擠到血鮮紅色然後組織液都出來。」

我：「我知道，這個我很熟嗚嗚嗚嗚。」

醫：「對啦，我想也是。」

我：「？？？」

②

我：「天啊夏天真的到處都是誘惑……」

醫：「吃啊，你吃了就出事。」

我（開始扒旁邊的牆壁）：「我每天工作都會看到好幾攤西瓜汁的攤子嗚嗚嗚嗚。」

醫：「我才不管你，反正你就不能吃！」

我：「有，我最近開過西瓜汁攤的時候都加速開過去……」

醫：「……嗯，很好。」

③

我：「最近心情都很糟不知道有沒有關係。」

醫：「有可能啊，你疔出來後（後面講了一串中醫的專有名詞我忘了），所以是有可能的。」

我：「但我有進步嗚嗚嗚，我現在都玩很難玩的遊戲或直接睡覺轉移注意力，之前我就會衝到 711 買甜食吃了。」

醫：「很好。」

④

我要走之前：「我上週前幾天都會去吃自助餐，然後會喝自助餐的紅茶⋯⋯」

醫：「啊，完了，細賀。」

我：「我後面幾天停了嗚嗚嗚嗚，所以背後的膿包也退了。」

醫：「反正你現在的身體只要亂吃就會出事。」

我的身體呦，你也太敏感了吧⋯⋯

⑤

走之前問醫生我是不是不能吃吐司，發現自己一吃吐司跟麵包就會胃酸。

醫（一臉開心）：「對！沒錯！你死心吧，你是沒辦法吃精緻澱粉的。」

我：「⋯⋯」開心什麼啊啊啊啊啊。

六月十二日

醫（在看其他病人）：「心臟不夠力的人流汗就兩種狀況，要流流不出、一流流不停。」

……想到自己以前的流汗狀況（擦汗）

六月十九日

①

我：「我前幾天吃了豬肉漢堡，然後吐到懷疑人生，以為自己昨天吃的都要出來了……」

醫：「豬肉漢堡還好啊？」

我：「我、我還喝了半杯奶茶……」

醫：「……別說半杯，三口就夠你吐的。」

②

醫：「忍耐啊，你這陣子應該沒有吃水果吧。」

我：「……我……應該沒有吃吧。」

醫：「沒有吧。」

我：「沒有，嗚嗚嗚嗚好想吃西瓜。」

醫：「嗯，我就是要跟你說如果吃了西瓜，你會吐到……呵呵呵呵。」

我：「……」笑什麼嗚嗚嗚嗚。

六月廿四日

如果哪天我看醫生的紀錄真的會印出來，不管是什麼形式，我覺得我應該幫他取個系列名。我在想「霸道醫生讓我吐」跟「霸道醫生讓我拉」跟「霸道醫生不讓睡」（脹氣、拉肚子、嘔吐一起來）哪個好。

七月三日

醫：「你怎麼了？」

病：「應該是感冒。」

醫：「那有痰嗎？」

病：「我不知道。」

醫：「？？？……那你咳嗽時會有痰嗎。」

病：「如果知道要吃什麼中藥，可以就直接去中藥房買藥回來磨成粉來吃嗎？」

醫：「不行，很多藥不能直接吃。」

病：「我知道啊，我是想問那我們能不能自己去中藥房買藥回來磨成粉來吃。」

我：「？？？」（在後面笑出來）

醫：「我們現在開的藥，都是煮過，然後那個藥湯再加澱粉，然後烘乾才會變成你看到的粉狀。」

病：「喔所以不能直接吃……」

病：「我覺得我是不是可能有肺腺癌啊。」

醫：「？？？」

病：「有機率吧。」

醫：「肺腺癌的話你現在連一句話都無法完整講完。」

病：「但還是有機率啊。」

醫生一臉「殺了我」的表情……

病：「那肺炎會死嗎？」

醫：「你說的是哪個ㄧㄢˊ，ㄧㄢˊ有兩種，癌症的癌其實唸ㄧㄢˊ。」

病：「兩個火的炎。」

醫：「肺炎放著不管可能會死，但肺炎可以治療。」

病：「是喔，有人跟我說肺炎會死。」

醫：「……」

病：「肺炎不是病毒引起的嗎？」

醫：「是細菌，病毒會讓你免疫力降低。」

後面的對話我已經笑到沒有力氣了，真的是個槓精欸，他後面還在跟醫生爭說那嬰兒基本上沒有免疫力為什麼沒死，輪到我看診的時候醫生一臉對這個世界沒有任何愛的表情。

七月十日

今天跟醫生的對話內容已經不太記得了，因為這句話破壞力太強了我整個腦海都被這句話佔據。

醫：「你看你最近這樣吃得正常就沒事嘛，你那身體只要一吃到不對的東西，他就會……（小聲氣音）噗啦……噗啦……」

……你不用特別用氣音做狀聲詞！！！

八月七日

坐在候診區，聽到醫生說：「我沒有辦法治懶，還有腦子想不開。」

……

八月廿一日

醫：「我們就不要吃生的東西。」

患者母：「生的東西包含生魚片？」

差點笑出來。

## 八月廿一日

上個禮拜的放縱加健忘，讓我迎來了看醫生以來最黑暗的時期。

拿藥時，櫃檯護士：「一天兩次，一次兩包喔，藥粉太多了一包裝不下。」

我：「……什麼！？！？」

好想跪在佛前懺悔求祂讓我回到上一週，我一定會設定好鬧鐘，提醒我自己好好吃藥。

!!
太多了吧

八月廿八日

醫生吩咐護士幫病人先做一隻腳，病人說另一隻腳也會，醫：「兩腳一起可以啊，我怕你承受不了，一隻腳就會讓你瘦到耳目一新。」病：「……那還是先一隻腳就好了（乾笑）。」

九月十一日

醫生在跟別的病患說：「我們先把甜的忘了吧！」不小心心神失守，脫口而出：「忘不了！」

……還好醫生沒聽到 QQ

九月十七日

哭啊，喊啊，想跟醫生說我想吃海鮮啊～～～

## 九月廿二日

推拿結束後過一陣子，已經痛到不太正常的感覺了，發現今天下午有黃醫師的診，於是就衝過去掛號，排了很久終於輪到我（今天秋分不舒服的人好多啊），醫生問我哪裡痛，然後說是心臟不夠力，氣下不去，然後插了八隻長針進我左手裡，跟我說：「針插著，去遊街吧。」然後我就在插著針的狀態下去馬路上遊蕩了十五分鐘。我走出診間的時候還有小孩看著我插了針的左手崩潰嗚嗚嗚嗚。

不過腳在那時候真的好了八成……覺得早上去看推拿的自己是智障。

晃來～
晃去～

九月廿五日

看了黃醫師這麼久，今天第一次聽到病人叫的聲音可以用餘音繞樑來形容的……整個診所的人都笑出來了（病友們的快樂：別人的慘況真溫馨、別人的痛苦真美好、別人的哀嚎真好笑）

十月二日

病：「調經藥會不會很苦。」

醫：「我怎麼會知道啦，我又沒有那個東西，我不用吃調經藥啊！」

這個問題真是歷久不衰，三不五時就會聽到XDDDDDD

## 十月二日

今天早上看醫生時，我：「我昨天吃早餐的時候還想說今天來要跟你說我一整週都沒有吃到魚哈哈哈哈哈，結果我蛋餅吃到一半，一邊吃一邊想，這個鮪魚蛋餅的鮪魚怎麼這麼難吃，然後想到一半就啊，鮪魚……」然後醫生就笑了。

「鮪魚」蛋餅…

## 十月九日

一個阿姨看診，醫師說：「這個天氣了你怎麼還穿這麼涼，不行啦。」

阿姨：「可是很熱，我很怕熱。」

醫師：「都寒露了，今天晚上氣溫就要下降到二十三度了。」

此時我上完廁所走過去，醫師拍了拍他的手指著我：「來，你轉頭看看小胖，小胖都穿了外套了，你也要穿多一點啊。」

我：「???」

小胖？

十月十六日

今天早上我很可憐地問醫生，我可以開始吃魚了嗎，醫生的回應是，「你可以開始一週吃一次放血的一夜干烤魚。」

我：「一夜干嗎？」

醫：「對，放血的ㄛ，因為血屬陰，要放血的，然後魚乾、烤過，那你一週可以吃一次。」

其實我當下的反應是很想跟他說，生魚片的魚大多都會在捕撈到的時候就放血，這樣生魚片吃起來才會好吃，但我的求生慾那時候妥妥地上線了。

十月十六日

一個阿嬤正轉頭看都不敢看針一眼，阿公就安慰他說：「針灸不會痛啦，你看它這麼長，但不會痛，不要緊張。」

我走過去的時候脫口而出，「不會痛，但是會很痠。」

十二月四日

候診，醫在和前面的病人說自己看病之後也都要調整身體，要好好休息。

病：「賺太多了。」

醫：「所以我明年要減診，要認真花錢。」

病：「我可以幫忙一起花！」

醫：「不用，我有很多人會幫我花，我兩個小朋友很會花錢。」頓了一下，聲音突然低了一點，「還有我老婆也很會花。」

一排候診的病人都笑了出來 XDDDDDD

醫生 XDDDDDD

# 2019

一月九日

醫：「你就認清楚他是你爸媽，就接受這個事實，不管他們做了什麼他還是你爸媽。爸媽跟男女朋友不一樣，男女朋友談不攏還能換，父母不行啊。」

？？？

前面對話因涉及到我自家狀況所以裁掉，醫生的原意大概是即使跟父母有意見分歧或爭執我們也無法改變他是自己父母的事實，他們說他們的，我們要過好自己的人生。

二月五日

我跟朋友出來吃飯
然後我偷吃了一口烤魚
不誇張
我居然流眼淚了
……

二月十三日

醫看著我的下巴：「你吃了什麼，下巴怎麼會爛成這樣。」

我：「蒜苗。」

醫：「那應該沒事啊？」

我：「佐烏魚子。」

醫：「……」

我：「我現在開始會長鬍子了，以前不太長的。」

醫：「嗯，很好啊，男性荷爾蒙開始正常了，身體恢復運轉。」

我：「可是有點麻煩，以前都不長就不用剃。」

醫深呼吸：「正常了比較好吧？？？」

我：「是啦……」

三月十三日

我：「我最近都是下午晚上才吃藥。」

醫：「我以為你一早起來就會先吃一包，你試試看一早起來吃一包，可能這些症狀就沒了。」

我：「……一早起床就吃這麼苦的東西，太影響求生意志了。」

醫：「……」

#醫生說最近的藥應該沒有之前苦

#結論就是心魔作祟

四月十日

先跟醫生說了上週的膿包還沒化膿，而且它長大了。醫生看了看我的舌頭把了脈。

醫：「你是不是還是有吃錯。」

我：「我自己自首，前幾天我吃了什麼什麼跟什麼，但是這幾天情緒比較平穩所以我很節制沒有亂吃。」

醫：「你這樣身體要爆了啊。」

我：「但那個時候精神的狀況比較緊急所以先救一下。」

醫：「加油啊，好好活著。」

然後我說了自己多夢的事情，說了都夢到什麼。

醫：「……你最近精神壓力是有沒有這麼大。」

我：「而且最近感覺蘋果西打要倒了，所以我……」

醫：「……拜託你，不用擔心這個，那個是能賺錢的飲料最後一定會有人接手的啦！」

我：「（乾笑）」

我：「我女朋友最近吃了藥都能入睡了，然後她想要我跟你說她都會睡不醒而且會做很長的惡夢，所以她想問你開給她的藥是不是長睡不醒粉跟惡夢丸。」

醫（笑出來）：「你們怎麼這麼有哏，為什麼每次都這麼有創意。」

我：「XDDDDDD」

四月十六日

以抱著切開膿瘍的心理準備到了外科診所，躺上診療台後醫生摸了摸敲了敲：「這個現在還不能開，開了也沒有東西。過幾天再來看看，可能過幾天就豐收了。」

我：「？？？」你當這是在種田還是在挖蚌殼？？？

四月十八日

「我現在每翻個身、每動一下、站起或坐下、每走一步，都感覺是用生命在奮鬥。醫生開給我的藥真的是對的嗎，幹，我內心知道這個反應應該是對的，但真的忍不住想，中醫們真的都很斯巴達抖S欸……」

## 四月廿日

來到前幾天說過幾天後可能會豐收的診所。

醫：「你這個開始化膿了，只是很少，一點點而已。」

我：「我有摸出來，我估計大概會在我出門的時候化膿，所以要拿足日的藥。」

醫：「不然我幫你先把裡面的膿弄出來好了？」

我：「不用不用，等它多一點我自己可以處理，我大概知道什麼狀況就安心了。」

醫：「……你這也太艱困了，好好活著啊。」

四月廿三日

覺得那個滲出來的東西實在太不妙了，所以訊息問了黃醫師，黃醫師跟我說如果紗布都浸濕了那一定要換掉，於是存存衝出去幫我買了紗布跟透氣膠帶（謝謝阿存嗚嗚嗚嗚嗚嗚），阿存回來後又拜託她幫我包紮（我實在看不到沒有辦法貼），包紮完後，我要寫訊息給黃醫師說我換好了，就看到黃醫師回了我一句訊息：「幫QQ」……

## 四月廿五日

今日回診。

醫（壓腫塊，我沒有唉所以一直壓）：「你不會痛嗎？？？」

我：「會啊……」

醫：「……會痛就叫一下啊。」

四月廿六日

鼓起勇氣來診所想開第二刀，醫生看了看捏了捏，然後使勁捏，操你的我簡直要痛瘋。然後他跟我說不用開第二刀，第一刀的醫生開太小了，引流很困難，但我只要站著擠，用力擠、使勁擠，它就會從下面的小口流出來。幹你……我一瞬間真的寧願他割開，那個擠法我有幾條命都不夠玩啊……

五月十日

我：「從開始發炎到上週膿開始流出來，這一個月的時間我胖了七公斤。然後上週量完體重後我就開始克制飲食。」

醫一邊把脈一邊說：「嗯，很正常，你長時間發炎血糖不自然的飆高，你這是不自然的水腫跟血糖上升引起的體重上升。」

我：「喔……雞胸肉真的很難吃（不管怎樣都要說一下雞胸肉難吃）。」

醫：「你現在這樣都是因為追求好吃啊。嗯，現在體重應該差不多消了三公斤了吧。」

我：「……？？？」連體重這種東西都是可以靠把脈把出來的嗎？？？

五月廿四日

本週醫生：「你們兩兄弟真的是我的業障。」

五月卅一日

我：「他還要叫我去驗什麼，好像是跟腎有關的。他的意思就是，我的糖尿病的病史應該比我想像中的久，但是我的肝腎從報告上看起來沒問題他很意外。」

醫：「他大概就是想看看中藥有沒有把你的肝腎吃壞。」

我：「他想叫我停掉中藥，跟我說，尚緯，中草藥就停掉吧，中藥不像西藥一樣安全，西藥都是有經過 FDA 的檢驗什麼什麼的。」

醫：「你可以跟他說，我的藥不僅有 FDA，還有 GMP 咧。」

六月八日

看中醫看了一兩年多，我終於也被中醫改造成我以前眼中的怪人了。
剛剛進了居酒屋，阿姨問我：「弟弟今天這麼熱，你還穿外套啊？」
我還很自然跟她說：「我還穿長袖呢。」茫然看阿姨，想說穿外套怎麼了。

長
袖

## 七月二日

雖然我現在很努力看中醫，也很拚命照著醫囑過生活，但有時候進入所謂的排寒環節的時候，真的異常痛苦。有的時候會想這真的不能怪一般人，沒有痛苦過後身體真的好轉的經驗，我想真的沒有一般人會認為這種狀況叫做在好轉。我全身都不舒服，從胸口以下都在水腫，剛剛還開始腹瀉，但是我還是要努力做各種違反本能的事情，我把自己關在冷氣房外面，只開一個門縫，吹流出來的冷空氣；我全身發燙，但我剛剛喝了熱水，還蓋了被子；我摸了摸自己吐出來的氣，都是熱的，但我卻感覺胸口和吐出來的氣是冰的。這真的很折磨，我想就一般人的狀況，應該直接送醫院住病房了。但我還在這邊努力，希望它趕快跑完整個過程。我只想問，這一次到底還要多久。

七月三日

醫生說叫我最近吃鹹的辣的，不要油膩，辣最好是花椒跟胡椒的辣。

於是我今天中午搜尋了一下找了川味麵館吃麵。湯一入口想說啊這樣感覺還好，沒有很麻也沒有很辣有用嗎，結果吃完結賬的時候才發現，我整個胸口都濕了？？？

我的身體你到底？？？

七月六日

我最沒辦法忍受的事情是那個西醫一直跟我說，那你就叫誰誰誰照顧你啊，不然你叫他們打電話給我我跟他們說，你這樣沒有辦法照顧好自己。雖然我知道他真的是好意，但我真的感覺到滿滿的被激怒。

七月九日

做眼底檢查，醫：「你的肌肉真強壯。」

我：「？？？」

## 七月廿日

跟醫生講了這幾天的狀況，然後講接下來應該怎麼處理。

談到一半講到我身體的反應都是正常的而且很好的時候（包含吐了暗血色的痰塊），黃醫師說：「你就是一個活生生的大型活動平台（我聽不太懂什麼意思，應該是說活生生血淋淋的個案）。以前我剛從西醫轉中醫的時候，看那個醫案，什麼排膿啊、吐血塊啊，什麼狀況什麼狀況，我都覺得狗屁啦，沒想到在你身上都齊全了。」

我：「⋯⋯」

七月廿八日

吃飯吃到一半嘴巴裡有個血泡，手戳了一下，辣個血泡，像是吹氣一樣膨脹，試著把它弄破後流出大量的血，而且是深色的血，更甚至有暗色的血出來。吐了幾口吐不完，就去廁所，邊吐邊打電話給醫生，說自己的狀況，講到一半的時候感覺還吐了一塊半固體的血塊出來，只是它一下就滑進了排水孔裡沒有看到什麼狀況。

醫：「你真的很厲害，你每次發生的狀況我都只有在醫案中看過。」

我：「好……」

八月二日

跟醫生說了這週的狀況：「求生意志越來越薄弱……」

醫：「沒事，天氣的問題，我最近也是。」

我：「？？？」

總之就是身體最近的狀況大部分的鍋在天氣，天氣讓我的心臟比較沒有力氣可以推動身體。

講到最後醫生幫我扎了四根針，扎的是脖子，但一路瘦到胸口下面一點的背後去。

跟醫生說，醫：「很好啊很好啊，我本來還想做到尾椎，但我怕你了無生趣。」

我：「……好的。」

八月七日

跟我弟說：「我覺得節氣快到了。」

我弟：「？」

我：「感覺身體超重不舒服而且眼睛又糊了，我來查一下節氣時間好了。」

一查就是明天，立秋。

我弟：「幹 XDDDDDDDD」

八月十三日

幫我看診的眼科醫師已經累到真心話都跑出來了。進診間後我看他一臉疲憊，說：

「辛苦了，你們工作量真的好大。」

醫：「真的，一樣的薪水，其他人三倍的工作量。」

八月十六日

醫：「我感覺你是有在變好的啊，你這次比上次有更好一些。」

我：「你每次跟我說我有變好我物理上都感受不到嗚嗚嗚嗚……」

醫：「你就身體裡面髒東西太多。」

我：「我要懺悔，我昨天吃了蝦捲，雖然最後去催吐吐出來了，但晚上還是有拉水……」

醫：「怎麼這麼有限……還能拉得出來不錯了。」

我現在抖抖地坐在診療床上等針灸，剛剛問醫生，是跟上週一樣二十六根針的套餐嗎。

醫：「差不多吧，我們這邊二十六根針算少了，不信你問櫃台。」

我：「……」

八月十六日

我真的是大型綜合活動醫案。

剛剛坐在診療處旁的診療床上被插（我是說被扎針）時，每一個進診間的病人，醫生看一看就會指著我跟他們說：

「吃對好很慢，吃錯馬上就知道，不然你問後面的哥哥就知道。」

「就跟他一樣啊，就會積在這個地方（指患部）」

「這個狀況是怎樣怎樣，他也會（指我）。」

除了婦科問題，什麼狀況都會稍微指我一下。我表示一臉茫然。

## 八月十七日

醫生今天在幫我開藥的時候：「嗯……開個甜菊粉……」

我：「我覺得有甜菊粉藥也還是很苦……」

醫：「對啊，那個苦是深層的，是身體感覺到苦。」

我：「對……」

醫：「那甜菊粉就拔掉好了。」

我：「？？？」我以為醫生是開玩笑的，還來不及問我就站起來了。結果剛剛吃了藥，苦到哭出來……是真的苦到流出眼淚來嗚嗚嗚嗚。

八月十八日

病中的新樂趣是壓著自己水腫的腳的各個部位，研究壓哪裡會痛哪邊。例如我壓小腿外側的地方，腳跟內側的地方會痛跟麻；壓小腿內側的某處，會一路刺到腳的中指。也是種詭異的樂趣。

九月六日

醫生在跟其他病患講話：「全球暖化救了你們這些很寒的人。」

XDDDDDD

九月六日

今天第一次躺著被針，針到後面我已經數不清楚到底被插幾針，我：「我已經數不清到底幾針了……」

醫：「你算那幹嘛，是要我以針數計費嗎？」

我：「沒有，我錯了。」（嘴巴拉拉鍊）

九月十一日

我在等針灸

後面的病友的慘叫……怎麼說呢……

好狂野啊……

## 九月廿日

醫用非常詭異的表情幫我弟把脈，問我弟吃了什麼，問完後：「你把你哥當個榜樣啊，以他當標準來克制啊⋯⋯我真的沒有想過我會說這種話欸。」

說真的，最開始來看中醫的時候，我也沒有想過會聽到這種話。人生真的很無常啊。

## 九月廿七日

醫在看新病患：「你吃這麼多水產幹嘛，你又不是海上好男兒？很多病人都作息正常也沒吃什麼奇怪的東西，說自己怕冷但盲點在這，外面的冷都受不了了還把它吃進肚子裡。很多人推崇地中海飲食，說那個很好，但你們又不住地中海？地中海的人多少日照，他們曬得多黑，勞動量多高，怎麼跟他們比啊。」

九月廿七日

醫生提供了一個讓我吃藥但不太會吃到賦形劑（澱粉）的方法，就是把藥混在水裡面喝。但我把藥混在水裡面，坐在這杯藥水前快半小時了還沒喝完。我沒想到藥混在水裡面看起來這麼像屎……

## 十月八日

在醫院的時候對某些人有特別的敬意，例如明明知道等等要看這個醫生了，自己的療程等等就是這個醫師／護理師負責，但卻不知死活對醫生跟護理師態度超差超賤的。欸你都不知道等等會跟你身體產生負數距離的東西是什麼，你怎麼敢 XDDDDDD

十月十八日

針灸被針得死去活來的

忍不住喊了一聲：「救命！」

醫非常冷靜回我：「正在。」

十一月一日

我：「我前天夢到你在我面前吃螃蟹……」

醫：「你看你的潛意識，是不是覺得我吃了你就可以破戒？」

我：「不是，夢裡你超賤的，你一邊吃一邊問我你是不是很想吃啊，不，你不行吃喔。」

醫：「……」

## 十一月八日

我：「我上周六去了一趟花蓮，去了熟識的日本料理店。我以前真的沒想過我會去那邊而不吃任何海鮮。」

醫：「很容易啊，沒有那麼難啦。」

我：「早上去，晚上最後一班車回來，晚上吃了串燒，吃完我就知道啊完蛋了，那個刷的醬太甜了。」

醫：「啊就忍不了誘惑。」

我：「晚上到家後吃了藥躺下去睡，兩三點肚子絞痛起來，拉出一些好像不是這個世界的東西。」

醫：「你看你現在現世報來得越來越快了，直接吃直接爆。」

我：「……」

我：「藥好苦，我可不可以裝在膠囊裡吃……」

醫：「我不要你吃膠囊啊，我不要你吃那個多餘的熱量。等等，你有沒有覺得我們兩三週就會有一模一樣的對話出現。」

我：「但是那個藥好苦嗚嗚嗚，我吃得很想死。」
醫：「我沒有在管藥苦不苦的，我要它有效。」
我：「嗚嗚嗚。」
醫：「還是你要我發動你臉書上的人每天去催你吃藥？」
我：「嗚嗚嗚嗚嗚嗚嗚嗚嗚嗚嗚嗚嗚。」

## 十一月十日

失去意識後復而驚醒。

有陣子我真的不知道其他看中醫的病患，是怎麼解決失去意識就有機率要換內衣褲清理床褥地板的這件事。我是說，為什麼括約肌這種東西會隨著意識的消失而失去作用。

問過其他看中醫的朋友。

他們也笑而不語。

好喔。一切盡在不言中。

十一月十五日

我：「這週感覺特別暴躁。」

醫：「是好事。」

我：「？？？」

醫：「我都沒讓我同學知道你在我這邊看。」

我：「？？？」

醫：「讓他們知道詩人要是不用糖水和海鮮鎮壓就會厭世也太幻滅了。」

我：「其實我沒有很在意這個啦，我的臉書上大家都知道……」

醫：「糟蹋自己的都要還的啦，我糟蹋的都要還了，你們怎麼可能不用。」

……

好有道理。

## 十二月六日

聽醫生在跟診間的病人解釋菸酒不行，不由跟我弟說：「其實我以前的生活習慣也沒有那麼糟嘛，我又不菸不酒，只是吃得糟了點……」

結果醫生從診間裡：「你吃得可不止糟了點好不好！」

我：「？？？你耳朵也太好了吧！！！」

醫：「我耳朵一直都很好，病人在說五四三的時候我都聽得到。」

十二月九日

我：「我買了花椰菜，跟青椒還有杏鮑菇一起弄成烤蔬菜。」

醫：「杏鮑菇算一般蛋白質。」

我：「……？？？」

醫：「菇類都算，不然你以為為什麼素牛肉是用香菇做的。」

我：「我以為只是口感像，原來是成分也像！！！！」

= 蛋白質？

十二月十八日

醫：「你藥還剩兩天吧？」（我提前來看醫生）

我：「大概還有四天（乾笑），我去了高雄兩天沒吃藥。」

醫：「你好意思？？？」

掩面而泣嗚嗚嗚嗚

## 十二月廿七日

先跟醫生說了今天的血糖。

醫：「不錯哦。」

然後說昨天吃了繼光香雞雞的雞皮，半夜拉肚子。

醫：「小拉嘛，那你今天血糖低一點正常，明天又會高一些了。」

我：「？？？」

醫：「小拉清髒東西，血糖會降，大拉反而會升高。」

醫把脈到一半：「你怎麼鼻塞？？」

我：「我這兩天感冒不舒服，但我昨天早上泡腳後包住自己，一個小時醒來衣服全濕。」

醫：「好。」（伸手拿針）

我：「？？？？」（後悔自己沒有趕快走）

醫：「瘦嗎？有瘦嗎？瘦到骨子裡嗎？」（一邊捻針一邊說）

我：「有……………（略過各種哀嚎）」

醫：「試試看鼻子通了嗎？」

我吸吸鼻子。

醫：「嗯，通一半。」（拔第二根）

我：「？？？？？」

然後鼻子居然就通了。就通了。就通了。

# 2020

# 一月十日

醫講了一串，重點就是我已經沒有亂吃的額度。

我：「好啦，我明天帶著餐盒去吃羊肉爐。」

醫：「對。」

我：「希望是慶功宴。希望我們是去歡慶的。」

醫：「希望明天能看到韓粉痛哭流涕。」

我：「？？？？？」

然後我就笑出來了。

走之前看到櫃檯裡有蔡英文的打 call 充氣棒之類的東西，問櫃檯他們去看造勢喔？

結果櫃台說昨天蔡英文本人在門口上車。

我：「？？？？？」

醫：「什麼本人？」

櫃：「蔡英文。」

醫：「喔。」

這時應該是病患跟醫生說話。

醫：「我沒有非蔡不可，但我真的無法接受——」（握拳）

一月十四日

看到光這個問我最準
視網膜病變患者誠摯建議去看個眼科最快
中醫的說法可能會是氣血過不去頭上
給醫生扎幾針好轉也很明顯

一月十六日

醫生終於到了

後面一個阿伯很大聲：「吼，這麼大牌喔現在才到！」

……阿伯我為你的勇氣比讚。

#你知道等等你的眼球會隨便他操作嗎

#你知道他是長庚眼科的名醫吧

一月廿日

緊張到血壓 240

護理師跟醫生：哇你破我們的新高了

High

二月八日

今天看醫生前拉了肚子。

看醫生時：「你這脈怎麼這麼弱，你這週幾點睡？」

我：「很焦慮所以都很早。凌晨四點那種早。」

醫：「……」

然後中間說到喝了氣泡水。

醫：「你這晚點就知道了，會拉。」

我：「我已經拉了。」

醫：「你看吧，你現在現世報都不會隔夜的。」

然後剛剛吃了藥，我現在想睡在馬桶上了。這個宛如水龍頭忘了關的感覺是怎麼回事（噁心）

二月十九日

做完眼科檢查。

可以再苟活兩個月不用打針嗚嗚嗚嗚

醫：哇你血糖控制這麼好！

醫：哇太好了！

醫：哇可以！

你是正能量企鵝嗎！！！

二月廿一日

剛剛看醫生，想說就這樣好好看完，默默地離開，希望醫生忘了針灸。
一切都看完，準備要走的時候，醫生說：「等等宋氏兄弟上架。」
……（抬頭望天）

宋氏兄弟上架。
逃不掉嗎……

三月五日

真的是處處有刁民。

進治療室前有個阿姨一直在碎碎唸，本來沒很注意，後來護士來跟她講了什麼沒仔細聽，就聽到她：「對嘛我就說有啊怎麼可能沒有，我自己很清楚的啦，你們就沒認真找就跟我說找不到，我還提早到了，你們敢說找不到我告你們我跟你說。」

我聽了一下子終於聽懂，她是下午不同醫生治療的病患，提早過來，護士找不到她的單（廢話她根本是不同醫生的病患你要人家怎麼找）她就在那邊罵罵咧咧。

聽到她又說要告人，我在她後面說：「是吃飽太閒喔，妳是不同時段不同醫生的治療病患，人家幫妳找幫妳提早安排妳就偷笑了，還告人，他不是找到了嗎，無聊。」

然後她就轉頭瞪我。

我真是天然仇恨吸引機。

進了雷射室之後護士跟醫生還在講那個刁民。

我：「剛剛那個怪人喔？」

醫：「對啊你剛剛也有聽到嘛，真的是很無聊的人。」

我：「總之如果是我，等等我的眼球要暴露在人家面前，我是不敢這樣耍白目的。」

醫生笑而不語。

三月六日

醫看完別的病人看我一眼：「今天該針灸了。」

我：「可以不要嗎嗚嗚嗚嗚。」

醫：「昨天驚蟄，你以為你逃得了嗎？」

我開始小聲唱起：「我找不到～我到不了～你所謂的～將來的美好～～」

然後剛剛醫生去針別的病人的時候瞥了我一眼。

嗚嗚嗚嗚。

三月六日

拔針的時候護士拔太快了我很痛就啊啊啊啊。

護士A：「怎麼了，太快了嗎？」

護士B：「還好嗎，你不是喜歡快一點的嗎？」

我：「？？？？？」

三月十一日

營養師：「你現在不能減肥喔。」

我：「？？？？？」

## 四月二日

抽血屢次未果，護士：「我跟你商量一下，有個地方抽起來很痛，但是一定抽得到，我爭取一次抽到，你可以嗎？」

我：「抽哪裡？」

護士：「動脈。」

我：「？？？？？」

抽完只有兩個感想：原來動脈可以抽。其實也沒有很痛。

四月三日

我：「今天可以不要針嗎？」

醫：「我今天沒有要幫你針。」醫生頓了頓：「接下來這個氣溫還會持續幾天，你的狀況還好，還不用針，下次再針就好。」

醫生又頓了頓：「我也會想偷懶啊。」

偷懶萬歲！！！！！

## 四月七日

腎臟科醫師：「……你這個體重，我也不知道是正常的體重增減還是蛋白質流失造成的。你一天會流失十二克的蛋白質啊。」

然後他就開始關心我的心情了。

我：「？？？？？」

## 四月十三日

叫了鹽水雞吃，我點了很多蔬菜，吃到一半的時候我感受到老闆的善意，也體悟到了通往地獄的路都是善意造就的。

我在裡面吃到了海帶芽跟甜不辣。

剛剛跟醫生講了這件事，醫生表示：「你的屁股要爆炸了。」

四月十七日

醫：「你就是一失口成千古恨。」

四月十七日

人生，今天逃不了針灸，直接上架。到了診療床時，護士：「把衣服脫掉。」

我：「現在嗎？」

護士：「對，不要客氣。」

我：「？？？」

五月八日

躺在診療床上聽醫生講話真的很好笑。

醫：「你摸看看這邊，不太對對不對？這些就是你吃進去那些很快樂的東西。」

五月八日

坐在診療床上，聽到醫生說等等先看誰誰誰再看某某某接著看誰誰誰，然後我們再去後面針一圈。

決定先躺下來休息一下。

#懶散的病人

## 五月十九日

腎臟科醫生問我最近怎麼樣，講到背後一整片變成黑色的事情，給他看了照片，他一直：「哇……你這個……」跟他講了中醫的說法，他就說所以中醫會幫你調整那就好。然後我說：「中醫跟我說，這一片黑色的，都是我以前吃進去快樂的東西們。」

腎臟科醫師笑出來：「然後到了現在才排出來嗎？」對啦，就是到了現在才排出來啦嗚嗚嗚嗚。

五月廿二日

看醫生，醫生拿起針，拉過我的右手，我內心一時失守，不由說出：「啊，不要……」

醫生：「……」

五月廿九日

我：「這週極為易怒。」

醫：「你還在清啊，你看你下巴的痘出來了，代表你下半身那一圈又癢了，然後你就會被影響。這是一起的。」

我：「但我這陣子心情差就會去推特上罵中國人，非常有效緩解情緒。」

醫：「……有個出口也好啦。」

五月廿九日

我點了一瓶氣泡水

弟：「喝了會腎虛欸。」

我：「沒關係，暫時又用不到。」

大家：「？？？？？」

六月二日

打開信箱仔細看起最近寄來的活動邀約
大多都是在週五（四個活動在週五）
大家是不是知道我週五要看醫生
要考驗我就醫的決心……
你們這樣，我真的會放棄就醫的啊
（好幾個活動都好吸引人）

## 六月十二日

我：「因為上週六的喜事，所以我去吃了汕頭火鍋。」

醫：「還好啦。吃都吃了。」

我：「我還吃了沙茶。」

醫：「怕就怕你覺得這樣就可以之後就越吃越多。」

我：「不會啦。」

醫：「難說。」

（把脈）

醫：「真的有差捏。但我們應該可以再撐一下，下下週針灸。」

看完後。

我：「啊我前幾天到晚上眼睛都很糊欸。」

醫：「就你的汕頭火鍋啊。」

我：「吃汕頭火鍋前就會了，上週針灸完過後的幾天。」

醫：「那就是髒東西推開了，它正在作用。好吧，那我們下週就針。」

我：「……早知道就不說了！！！！！」

醫：「太晚了。」

六月十九日

我：「我的藥少吃了半包。」

醫：「？」

我：「掉地上半包我救不回來。」

醫：「……甜甜圈掉地上你就把它吃完，藥掉了你就把它清掉。」

我：「那是藥粉啊！！！」

六月十九日

醫生抱著他的小女兒，我坐在診療床上，醫生的女兒轉頭看我，醫生說：「跟叔叔說嗨。」

我：「……呃……」

醫：「懷疑啊，你不是叔叔不然還是葛格嗎，你三十了欸。」

我：「好啦嗚嗚嗚嗚嗚嗚嗚嗚嗚嗚。」

六月十九日

皇上，你們還記得那天晉江茶堂的一杯仙草嗎。

臣妾喝了之後，到今天胃都還是濕寒的啊！！！

馬的，當天馬上拉我以為沒事了，結果醫生跟我說拉完之後身體會調肝臟的力氣不知道去幹嘛，然後肝臟就會充血還是散氣怎樣的，就會導致我的眼睛糊掉。我的眼睛模糊一週的原因破案啦——

六月廿一日

週五看醫生的時候

我：「我可以吃烤鰻魚嗎……」

醫：「不可以喔。」

望圖流淚。

六月廿六日

①

醫生看我媽，問我媽藥還有沒有剩。

我媽說剩兩天。

醫：「吃方塊酥的時候就不會忘記。」

XDDDDDDDDD

②

夭壽，剛剛給醫生針灸

從頭扎到尾椎，一共四十根針……

扎到後面，瘦都是整條在瘦的……

醫生到後面一邊扎一邊說：「你看，有沒有，這瘦都整條的，這就是筋脈一體性的即視感。」

我：「……」

## 六月廿八日

我一直覺得中藥下猛藥的時候就是用藥跟身體拚了的意思。拚得過，我就過去了。拚不過……我也過去了（???）。

## 七月三日

醫生扎第一根針：「降你的心火。」
醫生扎第二根針：「降你的肝火……嗯？怎麼藏這麼深？」
醫生扎第三根針：「降你的腦火。」
大家好，我是小火龍，我正在被滅火。

## 七月四日

朋友們都離開之後我準備去洗澡，然後我的左腳直接大抽筋，抽到我懷疑人生，用盡以前學過的什麼扳腳趾、伸直按摩都沒有用。我開始找各個地方，終於在我用力按小腿左前側的時候，我的整個腳背會像通電一樣超麻超刺。我就更認真按，甚至感覺到自己正在把那條筋撥開。我按左前小腿，會一路刺到位在左腿右側的大拇指旁。我超認真按，有舒緩一點之後跟醫生講，問醫生怎麼處理，醫生跟我說了大概怎麼處理後，我跟醫生說我按的時候超像被針灸又電又刺又麻。

然後醫生回了我一個棕色狗狗舉手的圖。

七月十日

醫生進來。

我：「我這週要針灸嗎……」

醫：「我在考慮。」

我：「可以不要嗎，八託。」

（過幾分鐘後）

醫：「我先針誰誰誰，再針某某某，等等某某某起來後床給宋尚緯。」

我：「！？！？！？！？！」

我的八託呢！！！！！

七月十日

我：「不知道是不是中午跟我媽講話講太久，我心臟有點痛，但是針灸前就沒事了。」

醫把脈完後說：「對，你跟你媽真的不能相處太久。」

七月十七日

剛剛我弟在看診，在描述我媽跟他的對話狀況，醫生一邊把脈一邊聽，聽到一半抬頭凝重說：「你現在說的是我那個不怎麼自愛的病人嗎？」

我在旁邊笑到不行。

七月廿四日

我沒有亂吃，然而在醫生說幫我扎針讓我把卡住的東西往下清之後，剛剛拉肚子了。到底。

七月廿四日

沒想到我今天是我們家唯一一個躲過《進化：仙人掌獸》的人。

雖然我還是扎了四根針就是了，只是沒有上架，沒有留針嗚嗚嗚嗚。

## 八月二日

我：「這週很累，因為還去代班，我前天大概快兩點才到家，四點才睡，八點半起床。然後昨天也差不多。」

醫：「你這樣體力不夠。」

我：「所以我昨天才在跟我朋友說，希望醫生幫我開兩種藥，一種是平常吃的那種，另一種是我工作時可以吃的，像興奮劑的。」

醫：「……」

我：「後來想想也不用，要興奮劑，我灌含糖飲料就好了。」

醫：「……」

八月七日

①

在等針灸的時候手賤不小心把自己的腳指甲給掀開了。

醫：「你的腳趾幹嘛包著？」

我：「我剛剛坐在這邊無聊手賤不小心把自己指甲掀開了。」

醫：「……？？？？」

②

醫生在幫我針灸：「你這禮拜怎麼這麼歪斜……？？？」

我：「……跟我昨天暴怒有關嗎？」

醫：「有可能喔，你是用生命在生氣的。」

八月七日

那個針灸太可怕了

回到家直接昏過去

意識直接消失五、六個小時……

z
z
z

八月廿一日

我：「上週我吃了石頭火鍋，晚上吐到差點升天……」

醫：「你身體卡住了啊，你現在正常很多，下不去的就會吐出來。」

我：「而且火鍋還配了好吃的沙茶醬……」

醫：「……沙茶都會炒扁魚。」

我：「嗚嗚嗚。而且我還吃到一個火鍋料叫蒙古包，但吃起來實在是太～快～樂～了，所以我就搜尋了一下蒙古包到底是什麼做的。」

醫：「什麼做的？」

我：「魚漿。難怪會這麼快樂。太快樂了我就覺得不太對。」

醫：「呵呵呵，系賀。」

# 八月廿一日

## 老師請下進化音樂

八月廿八日

母：「我最近就覺得那些食物都剩一半很浪費。」

醫：「沒有買賣，沒有傷害，只要不要買那些食物，就沒有吃不完會很浪費的問題了。不要吃就不會浪費了。」

九月二日

我：「我已經想好這週醫生問我吃了什麼的時候我要回什麼了，我要回說我吃了我媽買的她不該買我們也不該吃的竹筍。」

我弟：「……」

九月四日

我：「我每天都會哀十次左右我為什麼要吃藥。」

醫：「沒關係，想哀幾聲就哀幾聲，最後把藥吃下去就好，有吃就有效。」

九月十一日

醫：「我先去針XX，再回來針尚緯，再回去針後面。」

我：「？？？你可以後面針完一圈再回來針我沒關係。」

醫：「不行，我沒有打算這樣做。」

我：「！！！！」

九月十一日

醫：「針留二十二分鐘。」

我：「蛤，這麼長……」

醫：「二十五分鐘。不要客氣。」

我：「！！！！！」

九月十八日

跟醫生說我下週有事要請假，然後醫生說等等針完應該可以撐過去三週（包含中秋休診）。我就哀說可不可以不要針。醫生就說好吧，我們試試看。

我弟就在旁邊說：「針啦可以針幹嘛不針。」

我：「我跟他拚一下啊，賭看看不針看能不能好好過去。」

醫：「你就讓他試試看，他不試試不甘願啦。」

我：「對啊，如果我有狀況我再提早過來啊啊啊啊。」

今日進化已取消（V）

九月十九日

我要求比較低，我只想要黃醫師跟我說「會過去的，你可以先吃一份生魚片。」

九月廿三日

醫：「今天我有空，你要不要解決一下你的身體。」

我：「……」

醫：「背轉過來。」醫生摸了一下之後，「涼的啊，等一下上架。」

我：「……好啦，我應該是卡左邊吧，左邊腰這一塊這兩天很卡。而且昨天晚上睡前我還拉水，看了一下才發現秋分是昨天晚上九點多過後。」

醫對著阿存指著我：「你有沒有覺得有時候聽他講話很有娛樂價值？他自己也知道啊，但就是想拖。」

九月廿四日

好想吃蛋黃酥，然後就想到黃醫師昨天說的：「蛋黃酥很毒，但它就是，好吃的毒。」

十月五日

先到診所看血液報告。

護理師：「你不是明天看診嗎，為什麼你都提前一天來看報告？」

我：「讓我自己有個心理準備，知道明天會不會被罵……」

笑出來的護理師×2

請問我的報告…

## 十月六日

到腎臟科回診。

醫：「那你之前有痛風嗎？」

我：「沒有，常常驗都是尿酸過高，但沒有真的痛風過。」

醫：「嗯……」

我：「我自己也很意外怎麼沒有，感覺應該要有一下，渾身都是病，感覺都可以湊套卡了。」

醫笑出來：「沒有啦，那個數字有正相關但不是必然的。」

笑出來的醫生×1

十月六日

剛剛吃藥的時候突然想起來，鼻子不通的時候就沒味覺，所以就捏著鼻子吃中藥。

吃完後的我，感覺發現新世界。

## 十月九日

跟醫生說了昨天晚上狂拉的事情，醫生說：「哇你昨天髒東西拉掉了，那你等下針灸應該會很有感覺。」

何止是有感覺，差點被針死。

但醫生感覺非常欣喜，欣慰地拍了拍我的肩膀：「欸你今天反應很好欸，一下針就有感覺了你不覺得嗎？」

我：「（崩潰）」

十月十六日

我：「我今天應該還好吧，我覺得昨天半夜我已經把髒東西都拉完了。」

醫生伸出手跟我握手：「這麼巧喔，我昨天也是。」

針灸的時候插艾灸，今天插的時候超痛，有兩針是插在兩手拇指的第一個指關節的地方。護理師幫我插艾灸的時候打火機打到關節上那根針，我差點哭出來，眼前一片空白：「嘶……我做錯了什麼你直接告訴我，不要醬……」

護理師：「沒有沒有，你很好。」

十月廿三日

①

醫：「藥還有剩嗎？」

我：「沒有。我是用生命在吃藥的。」

醫：「……你要吃藥才有生命。」

②

在我身上插滿針的時候，醫生在看其他病患。

醫生幫他病患針灸，針小拇指，他崩潰大叫。

病：「我們現在是不是不好了。」

醫：「……這跟好不好沒有關係，那邊就是會痛。」

病：「好痛！超級痛！」

醫：「節氣啊，剛好處理一下，節氣是個好日子，很適合清身體的髒東西。」

病：「才不是什麼好日子！」

我跟我弟忍不住笑出來，對方崩潰：「你們笑什麼啦！」

我：「因為我身上也正插滿針。」

醫：「因為他們身上的針都比你多，一個正在針，一個剛針完。」

XDDDDDDDDDDDDDD

十月卅日

病人看到醫生：「帥哥！」

醫：「你以為嘴巴甜就可以躲過嗎，既然你說話這麼好聽，那一定要多送你兩針。」

我想這跟病人期待的應該不在同一條線上。

## 十一月四日

我：「我這週可以提前看然後去台南嗎？」

醫：「這週立冬，我怕你針完之後去台南前功盡棄，週四的針就白挨了。」

我：「我也怕。」

醫：「這個立冬的針灸應該很爽。」

我：「我，略有感覺。我連拉兩天了，雖然我覺得昨天應該是因為我吃麻辣鍋披薩（新口味很好奇）。」

醫（按了上面那句話回覆）：「夕鶴。」

十一月十三日

跟醫生說了我的右腳某條筋某個姿勢很痛的事情，只見醫生拿出一根很長的針。

我：「等、等等！」

醫：「不用客氣，不要緊張，這根我不會收錢。」

我：「！？！？！？」

我不是那個意思！！！！

十一月十四日

昨天看醫生的時候跟醫生說前天我早餐吃了蘿蔔糕跟無糖豆漿，後來下午整個身體都卡住的感覺。

醫：「GI 太高了，你身體卡住了啊。」

我：「我那天還跟朋友約吃養生雞。」

醫：「水喔，然後咧。」

我：「我就過去，跟我朋友說以我的經驗應該吐一下就好了，我說我吃幾口就去吐……」

醫：「?????」

我：「結果我吃了幾口後覺得身體就好多了。」

醫：「因為熱的鹹的下去後推開了，所以就好多了。」

我：「但是為求保險，我還是吃了幾口然後去吐了一下，還好晚上回家之後身體也沒有什麼不舒服的。」

醫：「你真的是搞自己的天才。」

十一月十六日

寫書的後記寫到一半悲從中來，想到剛開始去看黃醫師的時候，黃醫師跟我說我們就從生魚片那些生的先開始不要吃。結果隔週我跟他說我到蚵仔店點了一盤生蚵，菜上來後我很震驚原來生蚵是生的，黃醫師用一種看死人的眼神看我。之後還發生了發現鴨腸原來是鴨的腸子鴨血原來是鴨的血的糗事。我的人生根本是悲喜劇。

十一月廿日

我：「我都會點兩到三杯紅茶來喝，喝到最後一口都會有點想吐。」

醫：「你真的很喜歡做一些很有病的事。」

十一月廿七日

因為阿存去幫我夜排 PS5 預購，於是我過幾天會有一台 PS5。取貨的那天跟看醫生的日子撞到，所以剛剛看醫生的時候我問了醫生那天我可以請假嗎，我說我要去拿 PS5。醫生說：「來針灸啦，我想辦法讓你早點走。」

可，可惡，沒想到居然會被這樣拒絕，害我差點噴了一聲嗚嗚嗚嗚。我要先來跳感謝阿存之舞（已被阿存同化）。

# 十一月廿七日

①

醫生剛剛針我的時候，針到某個位置很不舒服，他說：「這就是你昨天那個藥燉排骨。準確點說是那個吐出來還殘留在裡面黏膜的髒東西。」

我：「?????」

②

醫生在針我弟，他的叫聲之淒厲讓我忍不住去看了一下（真是兄弟友愛），講到他今天不知道為什麼吃很辣，醫：「對啊他今天吃很辣，所以現在正在還了。還債都不拖隔夜的，就在今天，就跟霍元甲一樣。」

我還沒反應過來霍元甲的哏，醫生就拿著兩根針在那邊一邊拔插一邊唱：「就在今天～～就在今天～～」配合我弟的慘叫聲我差點笑出來。

就在今天～
就在今天～
啊啊啊啊

十二月三日

從昨晚開始，我的右肩就痛到如果跟我說上面坐滿了人我也會相信的地步。

今天在外面工作，寫到一半想起之前看醫生治療其他病人時說，你以為你是左邊在痛所以是左邊有問題，其實你是右邊在緊，緊的地方拉起了另外一邊，另外一邊才會這麼痛。

於是剛剛工作到一半，試著按摩了左邊肩膀跟脖子。

幹，居然真的好了大半。

十二月四日

醫：「你這樣還覺得下週可以逃過嗎？」

我：「跟他拚一下啊。」

醫：「不要再拚了，年紀到了，你哪次拚過了？」

我：「QQ」

十二月五日

昨天針灸的當下肩頸痛就好了百分之八十
昨晚吃完藥今天早上睡醒居然幾乎感覺不到痛了
神奇的東方巫術（?????）

舒暢

十二月十二日

醫生說昨天針完晚上可能會有些奇怪的腹瀉或者其他狀況，那都是正常的。我還想說是有多奇怪。

然後我拉了一整夜。

十二月十三日

問醫生是不是這週的藥讓我拉成這樣，醫生表示是針灸帶出來的。

此時我的腦袋閃現了一個想法，既然身體是因為通了才清出髒東西，卡住髒東西才不會出去，那我是不是適當糟（ㄌㄨㄢˋ）蹋（ㄔ）一下自己我就可以止拉了。

這個念頭閃過馬上搖頭把這個危險的想法甩出去。

# 2021

一月廿二日

今天的針灸有夠刺激
真的有種自己差點被針死的感覺

二月十日

好想寫信問問醫生
我能不能吃那年大明湖畔下的干貝跟海膽

二月十九日

我：「我過年，選擇先拯救自己的心情。」

醫：「？？？？」

我：「我算了一下，我大概吃了過去三年的零食總和……」

醫：「……」

我：「芋泥蛋塔、原味蛋塔、巧克力餅乾、巧克力麵包、巧克力穀物棒，還吃了肯德基的炸雞、百事可樂，還吃了鴨血。」

醫：「……你這是一次報復性進食回來欸。」

我：「對，而且明確感受到身體接受不了了，我吃沒多久就吐了，但就是稍微緩解我想炸了這個世界的感覺。」

醫：「喔那還好啦，還沒進入小腸就吐光了，還可以還可以。」

我弟在旁邊彷彿發現了什麼新世界：「所以只要沒進入小腸就可以吃了嗎！」

我跟醫生：「不行。」

二月廿六日

醫：「你的心肝脾都炸了欸，脈都很弱，怎麼回事。」跟他說了這週都發生了什麼事，以及我都吃了什麼。

醫：「這一定要針，太卡了。」

我：「可以不針讓它慢慢出來嗎……」

醫：「不行，你的身體只會慢慢進去，不會出來。」

我：「……」

二月廿六日

阿存：「你不要再欺負醫生了，剛剛他把我脈的時候說他把你的脈，手剛搭上去就想說你的脈呢，過年前灌進去的東西呢，怎麼都塌了？醫生一邊講一邊拍打我的手腕。」說著拍打了一次給我看，就像是在拍壞掉的電器的那種拍法 XDDDDDDDDDD

阿存：「而且你有發現，他看我的時候，看到後面，一半的時間都在罵你嗎？」

我：「XDDDDDDDDDD」

二月廿六日

醫生對阿存說：「我現在只要聽到宋尚緯去台南，我就絕望，台南就是他的絕地啊，不要再去了，不然就是以後我聽到他去台南，我就把我面前這整桶針抓一把起來往他身上插。」

我：「??????」

## 二月廿六日

醫生對阿存說：「我覺得就是不要給妳太多的壓力，慢慢這樣治療、吃藥，慢慢把妳轉過來就好。給妳太多壓力可能會變糟。像宋尚緯那個我就會強制他做什麼做什麼。」

我：「我也需要被溫柔對待……」

醫：「吃大便吧你！！！」

三月五日

醫：「你現在就是動氣必吐，吃錯必拉。」

我：「……」

三月五日

我媽對醫生：「我覺得最近肚子整個脹起來很大。」

醫：「這不是最近的事情，你現在才發現也不算太晚，有發現也很好啦。」

三月五日

醫生問我怎麼這麼生氣，肝都爆了，講了很多事情，然後講到跟阿存吵架。結果醫生說：「你是怎麼跟她吵起來的，她看起來就毫無殺傷力，她跟水豚一樣，她就是水豚，毫無殺傷力，你怎麼能跟她吵起來？」

我：「？？？？？」

三月五日

針灸針到一半電話響起來，我以為是工作，拚了命拿到手機接起來，結果是股市廣告電話，當下真的是氣到髒話都出來。我痛得半死就為了接電話以為是工作結果你是廣告？？？？？

四月卅日

醫：「你只要吃到那個感覺太快樂的，那你就該知道，這個東西不太對，會讓你的身體崩潰。」

四月卅日

醫跟我媽說：「你不要再相信偏方了。」

我媽：「那醫生我想請教一下，我可以喝椰子油嗎？」

醫：「你為什麼要喝椰子油？」

我媽：「我聽人說喝椰子油很好。」

醫：「聽人說，偏方。」

我在旁邊笑到不行。

## 五月七日

跟醫生說了我這禮拜都吃了什麼，他從頭笑到尾。

我：「我點了花素蒸餃，結果裡面有蝦米，我想說這就算了。在點菜的時候我問了店家這沒有海鮮吧，然後我點了茄子、青花菜、炒麵。」

醫：「聽起來沒什麼問題啊？」

我：「每一道菜都有蝦米，而且他不是那種開玩笑讓你吃開心的蝦皮，他的蝦米都是乾燥粗粗的吃得到口感的蝦米。」

醫：「（笑出來）」

我：「而且我去買串烤，我買雞皮，店家也跟我說是雞皮。」

醫：「嗯？」

我：「吃下去之後我發現是鴨腸。」

醫：「（笑出來×2）」

我：「而且立夏那天我吃了焦糖海鹽霜淇淋。」

醫：「哇（笑出來×3）。」

我：「嗯，吃完就炸了，馬上吐，過午後整個左邊都緊住了。」

醫：「立夏那天現世報會來得特別快。」

我：「我馬上吃了兩包藥，喝了熱水，睡覺出了汗就好多了。」

醫：「嗯會好一點。你看，不是我不讓你吃啊，是你身體已經不接受了。」

我內心淚流滿面。

五月七日

幹我的手舉瘦了往自己的額頭上拍一下，忘了自己頭上有根針，差點把針往身體裡面插更進去一點

啪！

## 五月廿一日

這是來看醫生後，第一次醫生對我的馬蓋先自治法沒有任何評論，還問我吃了之後身體有沒有更癢，我說好像沒有，他說好喔那還不錯。請問：

①他覺得這個方法還可以接受

②我的身體真的有變好

③他很想吐槽但覺得算了

五月廿一日

護士在幫我把艾灸插上針，我：「啊啊啊啊這個怎麼這麼痛。」

護士沉默兩秒：「因為你有血有肉。」

我：「？？？？？」

五月廿七日

本來想說除了工作之外都儘量不要出門的，結果剛剛右眼眼底應該是大出血，現在我的右眼看出去跟水墨畫一樣，像是水裡面滴了一大片墨水一樣一直飄來飄去，問了中醫直接奔到眼科，掛完號坐在候診區內心突然好累。

六月一日

一進去診間，醫：「在這麼風聲鶴唳的時期，你會提早回來看我，應該是滿嚴重的吧。」

六月二日

我：「眼科醫師的醫囑是叫我保持心情平穩平常不要動怒，而且他講了三次。」

醫：「因為你生氣會擠更多血塊出來啊，他說要保持心情平穩，那他跟你真的不是很熟，從我認識你到現在，沒有一週你是不暴怒的狀態。」

我：「？？？？？」

六月二日

因為全國醫院的手術房都關了，所以我找了有做玻璃體注射的眼科診所詢問，對方回說他們有做，最後講到價格的時候我好想跟他們拱拱手說謝謝、抱歉、打擾了。

一針五萬啊啊啊啊啊啊啊啊啊啊啊。

五萬……

六月四日

我：「我可以拿兩週藥嗎？」

醫：「你還是下週也來好了，比較保險。」

我：「好吧……」

我：「我覺得我除了眼睛之外好像暫時沒什麼其他的問題了。」

醫：「嗯，我覺得還好。」

我：「主要是我也不知道我還能從哪邊再繼續克制了，再這樣下去我真的只剩水可以喝了，我只能喝水了。」

醫：「（笑出來）」

## 六月十五日

我所有醫生（跨科別與中西醫）共同的醫囑：不要生氣。

甚至還出現「有些事看到了就當作沒看到好了，這樣對你身體比較好。如果覺得自己要生氣了血壓要上來了，離開那個環境是最重要的。」這種話。

六月十八日

醫生針到我覺得頭都要抽筋。

醫：「你眼睛有好一點嗎？」

我：「好一點是什麼狀況？它感覺有亮一點，但是血塊的黑影都還在。」

醫：「那就是有好，血塊不會馬上散，但你眼睛看到的會亮一點。」

（又過了幾針後）

醫：「眼睛好多了吧。」

我：「……眼睛有好一點，但我本人不是很好（喘）……」

醫生笑出來。

## 六月十八日

跟醫生說我吃藥吃到太苦崩潰的時候，會隨手抓東西來咬緩解那個崩潰感。醫生嗯了一聲。我：「通常抓到的都是洋芋片。」醫生：「……」

於是我問醫生，如果真的苦到崩潰，我可以舔鹽嗎？醫生蛤了一聲，我說舔鹽巴，醫生說好。

所以我剛剛吃藥吃到崩潰的時候，迅速倒了山葵椒鹽出來，用手指沾著舔來吃，一邊舔一邊跟阿存說：「我好像在吸毒的犯人。」

阿存：「你只差沒有放在手背上用鼻子吸而已。」

我：「XDDDDDDDDDD」

六月十八日

我可能看醫生的時候求生意志實在太薄弱了，醫生今天竟然跟我說：「我在努力幫你想怎麼減藥了，但你真的每一項藥都減不了。」

六月十九日

剛剛吐到一個昏天黑地，抖抖地寫訊息問醫生我是不是該補一包藥，醫生表示，他覺得該補一包，如果還吐就讓它吐，吐完應該會好一點。

中醫真的有夠斯巴達。

六月廿日

跟醫生說昨天晚上是開始拉然後才開始吐，吐到一個懷疑人生，然後講到最後，

我：「我昨天好像吃到壞掉的牛肉，牛肉酸酸的。」

醫：「靠北啊。」

我：「我想說現在身體太敏感了有夠厲害 QQ」

六月廿二日

醫：「你的狀況應該還可以，等手術房開你再回診我再幫你排手術房。」

我：「我就是怕時間會拖得很長。」

護士看著我的酒精：「感覺得出來你很怕。」

我：「我又糖尿病又什麼有的沒的抵抗力差我怕我一得直接重症啊。」

醫：「重症機率 5%，不要太焦慮。」

我：「0.054% 的抽卡我都能抽中，5% 我很怕啊！」

醫：「……」

六月廿五日

醫生在幫我針灸。

醫：「我這樣做你應該就比較不會吐了。」

我：「太好了……」

醫：「這樣你應該就會拉得比較兇，不是吐。」

我：「？？？？？」

## 七月九日

針灸的時候，醫生針到笑出來一邊拍我大腿一邊笑說：「幹，真的很卡。」

醫：「你真的每週都會想一些新的哏來考驗我的醫術。到底為什麼可以買一桶豬腳吃一週。」

我：「我還想說我有進步了以前那都是兩天內會吃完，我這次還分了一週，而且因為明顯感覺到那個濃度我身體受不了我還分多餐加水煮成其他東西吃。」

醫：「多喝水是對的，但加水改變他的濃度是沒有用的。你身體裡整個黏膩卡住了。」

七月九日

我：「我最近又開始夢到我在夢裡吃生魚片了，夢裡我一邊吃一邊疑惑我為什麼可以吃生魚片……」

醫生笑出來：「你對食物的渴求真的是超乎我的想像，連做夢都能夢到代表你真的很渴望啊，但可惜你一口都沒有。」

七月十六日

我：「身體感受到了，連海苔吃了都會有事。」

醫：「哈哈哈哈哈。」

我：「?????」

七月十六日

最慘痛的莫過於下午三點時醫生跟我說到明天早上十點前我要吃八包藥，瞬間有種不如歸去感。

七月十八日

醫：「有發燒嗎？」

我：「沒有，但左半身痠痛。」

醫：「恭喜你獲得疫苗老人認證。」

我：「？？？？？」

七月廿三日

我弟正在被針灸，一直慘叫，他不知道吃了什麼正在跟醫生交代，然後我就聽到醫生一邊針一邊說：「你看，人參雞。」（搭配著我弟的慘叫聲）

八月二日

我彷彿把外食的開關打開了一樣，我已經吃了三四天的外食了……

今天吃了油飯（小）、四神湯（小）、高麗菜水煎包、皮蛋麵線（小）、無糖紅茶。

現在的我，是快樂的我。

八月六日

醫生針下第一針：「你這週是有沒有這麼怒？」

我：「這個針就感覺得出來嗎？？？」

醫：「整個結住了啊，我針下不去就知道需要打開。」

然後我抱怨了整週的工作跟凌晨兩點收到早安圖的事情。

## 八月十一日

人會出事多半是因為多嘴。

我下午吃了買的午餐附的生菜沙拉，裡面還有小黃瓜，吃完後晚上腰開始痠到一個毀天滅地，剛剛私訊跟醫生說：「我感受到以前說過的寒氣入腎還是入哪的感覺了，我現在腰痠到直不太起來，好想把腰拆掉。」

然後看到醫生回我：「你這是找死嗎？」

又過幾秒：「你趁我還沒下班趕快來我幫你扎針。」

於是我現在在前往診所的路上。

好痛

八月十三日

剛剛我媽說她打疫苗的手很痛，我就問她打哪隻手，結果她說右手，我問說為什麼，不是說要打非慣用手嗎？結果我媽回：「我都看新聞說要打離心臟遠一點的手。」我就想說算了等醫生來跟醫生說讓醫生跟她說。果然醫生來了知道這件事後就一直唸她。後來我媽去旁邊了換我跟我弟看診。

醫：「要打離心臟遠一點，那為什麼不打腳算了，再不然打宋尚緯身上啊，啊不就更遠？」

我：「？？？？？」

八月十六日

醫生問我術後狀況

護理師：「他感覺太緊張了說不出話來。」

我：「我覺得這個再做幾次我都還是會緊張，銳利物戳進眼球的感覺很可怕啊！！！！！」

## 八月十八日

跟醫生還處在這裡是誰我們是哪裡的狀態，一臉茫然，然後我提到就娛樂廣泛化所以大家缺的不是題材，而是缺乏大家感興趣的東西。

醫：「我才跟南崁小書店的老闆娘說這根本就是吳宗憲的等級。」

我：「沒、沒有這麼差啦，至少我是傷害自己，吳宗憲是傷害別人XDDDDDDDDD」

醫：「這一段不錯喔，記得要貼。」

好喔XDDDDDDDDD

八月廿日

醫：「要修行還要有力氣才能夠修，沒有力氣修馬桶都修不了還修什麼。」

八月廿日

我：「我的藥還剩很多。」

醫：「怎麼會？？」

我：「那天說一天兩包，所以現在還剩很多啊。」

醫：「我那天說是兩包兩包，一天四次總共八包啊？」

我：「？？？？？」

醫：「我寫得這麼清楚！」

我：「可、可是我還問你一天八包嗎，你回我你寫得應該很清楚了，我回你我前天吃六包心裡有陰影，你還按笑我以為是一天兩包，週一到現在剛好四天我想說四次八包也很對啊？？？」

醫：「你等一下我拉對話紀錄。」

（看完之後）

醫：「我當時還想說要開語音幹譙你，可是我小女兒在我覺得不好。」

我：「我（百口莫辯）……」

醫轉頭跟我弟：「你看，他還鑽我漏洞欸，這麼會鑽，我決定以後都要跟你講得非常清楚。總之接下來一週，你就是每天八包。」

我：「我一天吃八包的勇氣就只有那天鼓起來，我現在全洩光了啊！！！！！」

八月廿一日

三年前我以為那已經是我人生最黑暗的時刻
沒想到吧，三年前的我
三年後的你，要一天吃八包藥，八包，不是八嘎也不是八卦，是八包。八包，不是漢堡包也不是蒙古包，是八包啊八包。

八
色

八月廿一日

我只是跟醫生說我胸口痛，講了痛的方式，他連我用什麼溫度的水吃藥的都知道（一臉眼神死乖乖補喝熱水中）。

## 八月廿七日

①

我弟：「醫生我們可以吃竹筍嗎？」

醫：「不太行啊。」

我弟：「煮成像炊飯那樣呢？」

我：「你這不就跟我問醫生我不能吃生魚片那烤魚行不行一樣嗎？」

我弟：「那醫生你要吃嗎我拿兩根過來。」

醫：「不用，我們家不開火，而且我也不吃。」

我弟：「可是是牛奶竹筍欸，它灌牛奶長大的。」

醫頓了一下：「它還是竹筍啊。」

②

給醫生看了昨天弄的雞胸肉跟烏龍麵，醫生說烏龍麵不行，GI值太高了。

醫：「我們不加臉書是對的，我加你臉書那你真的不用過生活了。」

## 八月卅日

晚上不能吃東西了明天要抽血晚上不能吃東西了明天要抽血晚上不能吃東西了明天要抽血晚上不能吃東西了明天要抽血晚上不能吃東西了明天要抽血晚上不能吃東西了明天要抽血晚上不能吃東西了明天要抽血晚上不能吃東西了明天要抽血晚上不能吃東西了明天要抽血晚上不能吃東西了明天要抽血晚上不能吃東西了明天要抽血晚上不能吃東西了明天要抽血晚上不能吃東西了明天要抽血晚上不能吃東西了明天要抽血晚上不能吃東西了明天要抽血晚上不能吃東西了明天要抽血晚上不能吃東西了明天要抽血晚上不能吃東西了明天要抽血晚上不能吃東西了明天要抽血晚上不能吃東西了明天要抽血晚上不能吃東西了明天要抽血晚上不能吃東西了明天要抽血

九月一日

糖化血色素從三級剛開始崩潰的 7.1 回到了 6.6

尿蛋白從 10172.1 掉到了 8283.5

我要好好誇獎自己

## 九月三日

醫還沒看我的時候我就先自首：「我這週踩到陷阱了。」

醫：「什麼陷阱？」

我：「我點了一份素鬆壽司，看到裡面有黃瓜，我就把它挑掉，結果沒想到，它裡面包了兩條黃瓜，真的是想不到吧ㄏㄏ的感覺。」

醫（笑出來）（伸手戳我心臟下面不知道哪裡）：「嗯，小黃瓜在這。」痛到我只能啊啊啊的叫……

開始針灸後，醫用手戳我的肝臟位置：「這週刺激的地方在這裡，哇你的肝都滿了，你這週整週應該都處在一種莫名的微微小暴怒中。」

我：「我以為是工作造成的。」

醫：「沒有，沒有工作你也會暴怒。」

說著又拿針要去扎我的頭，我又想起來那個寶可夢的同人：「小火龍，把火滅了。」

九月四日

回到家吃完飯直接昏睡，醒來又是一個完美睡過肝臟休息的時間點

## 九月九日

①

我懶到超越極限，我剛剛去市場買菜，在菜攤前看了很久，老闆娘問我要什麼，我：

「老闆娘，如果我買青花菜，妳可以幫我切嗎？」

老闆娘：「？？？？」

然後我就得到了一包切好的青花菜。

②

買了各樣小菜，每樣都一點點，但是我這個也不能吃那個也不能吃，老闆娘就跟我說：「我做了四十年護士，沒有看過這麼多不能吃的病人，你是挑食嗎？」

我：「不是，我在看中醫，而且這些食物我都實測過，吃了晚上就會出事。」

老闆娘：「你這不對啦，哪有這樣什麼都不能吃的，我跟你說吼，我做了四十年護士，我來跟你介紹，郭台銘的醫生我們都認識，他現在在推廣那個幹細胞，你就吃那個就會好，你現在要做的是排毒，吃中藥西藥都是藥，是藥就是毒，你要做的是把大腸絨毛裡面的毒素吼，通通給它出去！」

我：「……」

要不是我的錢給了小菜還沒拿到，我本人現在いま Right now 就想出去。

九月九日

我的血壓居然看到 125/82
我的血壓計是不是壞的

## 九月十日

我媽塞了一個糖尿病的影片給我看，我一時之間不知道該怎麼跟她說我已經很努力了，剛剛整理自己最開始看醫生的數據，空腹血糖近 400、糖化血色素近 11、血壓穩定 160、膽固醇 300，後來水腫發現自己腎臟功能有問題的時候尿蛋白 12000。現在空腹血糖差不多都 100-120 跳、糖化血色素 6.6、血壓量到了 125、膽固醇 200 左右，尿蛋白這次也驗到了 8000 多。

我只想跟自己說，我真的很努力了喔。

九月十日

①

「我發現戴墨鏡的時候，血塊會比較不明顯！」

「……畢竟都是黑的嘛。」

②

「這些檢驗數字大到一個地步感覺就跟存款給我的感覺一樣。」

「？」

「大到一個地步之後感覺它就是一串數字……」

九月十日

①

拿了血液報告給醫生看，也跟醫生說了血壓的數字。

醫：「我真的是對得起你了欸。這是我看了你這麼久，你最接近正常人的時刻。」

②

跟醫生說了有一天吃藥之後，晚上睡覺前居然開始打嗝吐了油出來，我已經離吃飽一陣子了，也沒有不舒服的感覺，就是吃完藥之後就嘔出來。

醫：「所以你現在就是髒東西已經比較難進去了，有髒東西就出來，很好你現在離正常人越來越近了。」

③

講了花生芋圓牛奶湯的故事，並且說，我就吃了之後過十分鐘開始吐，而且完全感覺得到它就只吐牛奶湯的部分。

醫生居然開始笑起來而且笑了一陣子之後才繼續說話。

④

我媽：「也很感謝醫生，他是自己願意來看，願意治療，不然我以前都帶宋尚緯去看醫生，只有越看越糟的份，而且他自己也不願意去看……」

醫：「這只有一個解釋，就是因果上我欠他比較多……」

我媽：「以前他的老師都跑過來罵我說我怎麼把孩子養成這個樣子，我都很難過。」

醫：「沒關係沒關係，不要想太多，這個現在都應在我身上了。」

我：「?????」

## 九月十一日

昨天給醫生看最近自煮管理的飯菜，醫：「可以喔，越來越會了喔。」

我：「每樣菜弄一點一點大概能知道自己多少會飽比較好抓量……」

醫：「不然你就照片拍拍，可以開始準備弄食譜了，這樣又是一本書。」

我：「？？？？？」真的不行啦——

九月十四日

真的很想大吼一句

到底是誰他媽的在醫院裡面放送葬的音樂

到底為什麼要在檢查室門口大聲放這種音樂啦

九月十四日

一直很焦慮右眼的血塊，結果眼科醫師剛剛說恢復良好喔再回去打雷射就好。我問說那血塊呢需要動手術嗎，醫生說：「那個沒那麼快啦，血塊要吸收掉要好幾個月，至少看個半年吧。」

半、半年。

## 九月十四日

今天中午吃完飯回到長庚，因為實在不想上樓面對樓上的地獄，所以我選擇在一樓有沙發比較舒服的地獄坐著休息。

樓下是兒童感染科，很多父母帶著孩子衝來跑去，其中有一對父母站在我前面的診間開始吵起來，大致上就是在吵要先去檢查還是先看診這種無聊的問題。結果突然老公很不爽揮了手說：「幹拎娘雞掰咧。」

當時我在滑手機，因為點了散瞳很專注在看字不然看不到，突然就被他這句髒話嚇到，手機都抖了一下，我也下意識回：「幹，雞掰咧！咧歹殺小！」突然我們都很尷尬，我看著他們說出了我最常說的一句話：「歹謝，職業習慣、職業習慣。」說的時候自己都很想笑，到底要什麼職業的習慣才會說這種話。剛剛跟阿存說這件事，我們都笑到不行。

九月十五日

睡著前非常不舒服，睡醒之後身體整個超卡，聽到下雨的聲音但是身體完全沒動靜，想起來今天沒有吃藥，於是把藥都吃了，現在有點後悔我一次把藥吃掉，拉到快升天。

九月十七日

眼睛狀況越好看得越不清楚，這種情況也真的不知道該怎麼說好了。

九月十七日

醫：「十年前我剛開始看診的時候都覺得病人想要達成什麼進度我就做到什麼程度，但我沒有想過，病人可以這麼不自愛，每次幫他們做好，他們就覺得唷呼我可以了然後把自己糟蹋到完全不行。所以我現在都不敢幫病人做滿，不要折磨我自己也不要折磨病人。」

九月十七日

我：「我今年都沒有吃蛋黃酥或其他月餅……」

醫：「我知道，你要是吃的話，現在我就會叫你去架上了。」

## 九月廿一日

剛剛回來路上本來想去清心買紅茶，想到上週跟醫生的對話。

我：「我每天都喝很大量的紅茶欸。」

醫：「沒關係啊，但你要喝更多水，不然會拖累你的腎功能。」

我：「我都去清心買個兩杯無糖紅茶喝。」

醫（氣音）：「不要喝清心，去買茶葉自己泡。」

我：「可、可是很麻煩欸……」

醫：「你在說什麼，你做豬皮凍就不麻煩，泡茶就茶葉丟進去水裡面就好了你說麻煩？？？？？」

## 九月廿四日

前幾天講到我在家附近買了「紅茶」，但那天我泡出來喝，不管怎麼喝感覺都不像紅茶，越喝越像烏龍或綠茶之類的茶種。

今天針灸的時候跟醫生說。醫生壓了壓我的肚子：「有可能喔，脾是緊的。」針得我要死要活之後要把脈開藥。醫生把脈完後：「嗯，那應該是烏龍茶。」

我現在滿腦都是：幹你茶商……

## 十月三日

醫生剛剛跟我說：「在這一個星期的時間裡你已經因為吃錯類似東西吐了兩次，我真的建議你這幾天要吃得比較不快樂一點。你還有五天的時間可以努力，你放過自己就是放過我。」

我就帶著崩潰的心去問前幾天去了南部的我弟。問說前幾天他都吃了什麼，感覺週五他也會很慘。我弟說：「……你這是因為自己爆炸了……」然後接著跟我說：「我很克制欸。」

我：「克制呼吸嗎？」

十月八日

終於輪到我針灸了。

醫生帶著另一個醫生。

我：「我覺得我應該卡在兩腿附近下不去，這兩天都在那邊微微抽。」

醫對另外一個醫生說：「你看他氣感其實很強，他自己都知道自己卡在哪裡。」

我：「我是覺得人類的感受力真的不用這麼強，真的很累。」

醫：「……」

## 十月八日

①

醫生今天針灸的時候每到一床都會哼一句：「伊係北部的口音～」

我：「你也太喜歡這首歌了吧，從我來到現在已經聽到你哼三次了。」

醫：「這個旋律一直在我腦中轉。」

我：「XDDDDDDDDD」

②

針灸完後雙腿超痛就跟醫生說，醫：「對，這幾天都會這樣，因為打得滿通的，晚上你會覺得腳底發冷，大概會涼到後天，回去如果你穿得住的話就穿襪子，這幾天可能沒怎樣你就會抽筋，熱敷跟穿襪子會好一點。因為打得比較通，所以你會覺得雖然腳好像鬆了但動不動就痛。」

我弟：「感受一下東方神秘巫術。」

醫：「什麼巫術，沒禮貌，中醫是很科學的。」

我：「我知道，我中醫也看了幾年了，我知道看中醫，身體在恢復的時候，很，違反人體直覺……（委婉）」

## 十月九日

現在人在腎臟科門診前的我心裡想的就是：如果有些人看不到結構問題，那就算了，真的不用強迫他們看到。就跟我也不願意有人一直過來跟我說眼前明明有鬼為什麼你的眼睛不爭氣一樣。看不到就看不到吧，我光照顧自己身體就力有未逮了，當別人的人生導師真的是Duck不必。

十月九日

醫生看了我前天做的飯：「蔬菜要再多一半。」

我：「？？？？？」

這樣夠多了吧

我的高麗菜已經是豆包的兩倍高了！！！

連雞肉湯裡面都充滿了花椰菜！！！

我快不行了

十月十四日

今天的雷射讓我非常害怕

因為醫生好像是剛摸到那台機器一樣，一邊用一邊摸索該怎麼用，我當時害怕極了

嗚嗚嗚嗚嗚嗚嗚嗚嗚。

結束後問醫生這是新機器嗎

醫：「對，全新的，開心嗎？」

我：「？？？」

(中醫師客串演出)

## 十月十五日

醫：「你的脈真的很寒，跟北極一樣，什麼王水仙尊，你是北極仙尊。拔了毛的北極熊就是這樣。」

我：「？目？」

## 十月十五日

①

醫：「有吃錯真的有差。」

然後就準備針我。

我被針的時候一直吸氣，結果我還沒叫，聽到旁邊傳來叫聲，我跟醫生轉頭看，我弟在那邊叫。

我瞬間震怒：「被針的是我你叫什麼鬼！！！」

醫生也跟著：「對啊我想說為什麼叫聲是從旁邊傳來的。」

另一個醫生笑到不行。

②

針插在我身上之後，我迅速就感覺到胸口有股冷氣想吐出來，我：「這個針下去也太快了吧，我已經感覺到胸口有寒氣想吐出來了。」

醫：「很快吧，你放心我一定讓你覺得來得值回票價。」

我：「其實真的不用，我現在已經過了重視 CP 值的年紀，我現在花錢更重視開不開心快不快樂。」

醫：「……」

另一個醫生還是一直笑。

## 十月十八日

覺得自己在一些莫名其妙的地方成長了，但這種成長讓我有種莫名的哀傷。剛剛暴怒完之後開始思考是不是南部一日遊，然後反覆思考後覺得算了。阿存就問我那要不要去吃我想吃的好吃的東西？我想了一下回：「算了，想吃的東西吃完後過一下子就會不舒服，只是緩過那個暴怒的情緒而已。」

我怎麼會變成這麼養生的中年人。

心如
止水

十月廿六日

我：「我下高鐵的瞬間就覺得肚子開始痛了，有沒有這麼誇張，什麼都還沒吃欸。」

醫：「我就跟你說那裡的空氣都有糖分，你不信。」

我：「進飯店第一件事情就是拉肚子，真的太扯了。」

醫：「就跟你說沒事不要到台南，你每次去台南都會出事。」

絕地武士上映中。

十月卅日

醫生跟我說：「你就是不適合酒。」

我弟在後面：「那酒到底是釀給誰喝的嗚嗚嗚嗚。」

醫：「到底是誰能在中路特區買十問房子！就不是我們嘛！能買的人買，能喝的人喝，你問誰能喝有意義嗎，反正你就不在那個圈圈內，你就是在能喝的圈圈外的人啊。」

我弟：「……」

## 十月卅一日

吃中藥就一直放屁。

存：「你是屁精？」

我（無力）：「好。」

存：「有地精，有嗽精，有船梨精，還有你。」

我：「……好。」

存：「我平衡抓得很好欸，有歐美的，有台灣的，還有日本的。」

我：「……好。」

內頁插圖：Lobster
封面及裝幀設計：徐睿紳

## 宋尚緯

一九八九年生，東華大學華文文學所創作組碩士，創世紀詩社同仁，著有詩集《輪迴手札》、《共生》、《鎮痛》、《比海還深的地方》、《好人》與《無蜜的蜂群》。


# 再也沒有蒜苗佐烏魚子了

二〇二二年四月二十七日　初版第一刷

**作　　者**　宋尚緯
**編輯協力**　賴雨希
**編　　輯**　林聖修、廖書逸
**發 行 人**　林聖修
**出　　版**　啟明出版事業股份有限公司
郵遞區號　一〇六八一
台北市大安區敦化南路二段五十七號十二樓之一
電話　〇二二七〇八八三五一
**總 經 銷**　紅螞蟻圖書有限公司
**法律顧問**　北辰著作權事務所

定價標示於書衣封底。





ISBN 978-626-95210-3-6

國家圖書館出版品預行編目（CIP）資料

再也沒有蒜苗佐烏魚子了／宋尚緯作。
——初版—— 臺北市：啟明，2022.04。
288 面；18.8 x 12.8 公分。

ISBN 978-626-95210-3-6（平裝）

863.55　　111003260